KB125294

FEEDING THE MIND

by Lewis Carroll

이 책은 루이스 캐럴의 『Feeding the Mind』를
현대적인 감각으로 편역하였습니다.
이 책의 한국어판 저작권은 도서출판 인간희극에 있습니다.
저작권법에 의해 한국 내에서 보호를 받는 저작물이므로
무단전재와 무단복제를 금합니다.

초판 1쇄 인쇄 2020년 12월 2일 • 초판 1쇄 발행 2020년 12월 9일
글쓴이 루이스 캐럴 • 옮긴이 김영수 • 펴낸이 이송준 • 펴낸곳 인간희극
등록 2005년 1월 11일 제319-2005-2호 • 주소 서울특별시 동작구 사당동 1028-22
전화 02-599-0229 • 팩스 0505-599-0230 • 이메일 humancomedy@paran.com
ISBN 978-89-93784-69-5 03840

• 잘못 만들어진 책은 구입하신 곳에서 바꾸어 드립니다.
• 값은 뒤표지에 표기되어 있습니다.

루이스 캐럴과 함께

1년에 짧은 책 50권

마음에 남기기

루이스 캐럴 지음 · 김영수 편역

인간희극

간단하게 챙겨 먹는 사람이라면 아침, 저녁, 그리고 중간에 차 한 잔 정도를 먹겠지요. 반면 완벽하게 잘 차려 먹는 걸 좋아하는 사람이라면 아침, 점심, 저녁, 차 한 잔, 야식, 그리고 취침 시간에 뜨거운 음료 한 잔까지 먹을 수도 있겠네요. 아무튼 우리는 몸을 위해 매일매일 음식을 챙겨 먹는 일에 얼마나 많은 신경을 쓰고 있는지! 몸은 이렇게 계속 챙겨주는 누군가가 있으니 참 행운이네요. 그런데 우리의 불쌍한 마음은요? 몸만큼 마음을 먹이는 데 신경 쓰는 사람 있나요? 우리는 왜 이렇게 편애를 하게 됐을까요? 아무래도 몸이 마음보다 더 중요하니까 그런 걸까요?

그러나 편애는 결코 좋지 않아요. 물론 생명을 유지하려면 음식으로 몸에 영양분을 공급하는 것이 가장 필수적이긴 하죠. 마음은 완전히 굶주리고 소홀히 된다고 해도 우리가 하나의 동물로서 계속 존재하는 데는 그다지 문제가 없는 반면 우리가 자신의 몸을 심각하게 무시하면 자연의 법칙은 불편함과 고통이라는 끔찍한 결과를 보낼 것이고, 우리는 그 순간 '아차 몸을 잘 챙겨야지!'하는 의무감을 다시금 느끼게 됩니다.

자연의 법칙이 생명 유지를 위해 제공한 신체 기능들을 우리는 선택의 여지 없이 받아들이고 있잖아요. 만약 우리가 스스로 소화기관과 순환기관을 직접 관리하게 된다면 대부분의 사람들에게 끔찍한 일들이 일어날 거예요. "맙소사!" 누군가는 이렇게 소리치겠죠. "오늘 아침 내 심장태엽을 감는 걸 잊어버렸어! 그것도 모르고 3시간 동안이나 이렇게 움직였다고 생각하니 식은땀이 다 나네!" 또 어떤 친구는 이렇게 말할 수도 있겠죠. "오늘 오후에 함께하기로 한 산책 약속은 아무래도 못 지키겠어. 내가 지난 주부터 너무 바빠서 소화시켜야 할 저녁 식사가 열한 번이나 밀렸거든. 의사 선생님이 말하길, 더 미뤘다간 무슨 일이 벌어질지 자기도 모르겠대!"

그러니까 지금 제가 하고 싶은 말은 몸을 무시한 결과는 우리가 분명히 보고 느낄 수 있다는 거예요. 이렇게 몸처럼 마음을 무시한 결과도 똑같이 보이고 만질 수 있다면 좋을 텐데 말이죠. 이를테면 의사 선생님이 마음의 맥박을 검진하면서 이런 대화가 오고가는 거죠.

"최근에 마음을 어떻게 썼나요? 마음의 양식은 잘 챙겨 먹었나요? 지금 환자분 마음이 창백하고 맥박도 아주 느려서 좋지 않아요."

"글쎄요, 선생님. 요즘 규칙적으로 마음의 양식을 먹지는 못했어요. 어제 달달한 책을 많이 읽긴 했는데요."

"달달한 책! 어떤 종류요?"

"음... 그냥 아무거나 손에 잡히는 걸로요."

"아, 그럴 줄 알았어요. 명심하세요. 그렇게 무턱대고 달달한 책을 읽다보면 마음의 치아가 모두 썩어버리고 소화 불량에 시달리게 될 거예요. 앞으로 며칠 동안은 가장 담백한 독서만 해야 합니다. 지금부터 마음을 잘 돌봐야 해요! 그리고 당분간 독서목록에서 소설은 모두 빼세요!"

11

몸을 위해 음식을 먹고, 몸이 아플 때 약을 먹으면서 대부분의 사람들은 고통에 대해서 엄청난 양의 경험을 쌓게 돼요. 그렇다면 이 풍부한 경험을 통해 알게 된 몸의 규칙들을 마음에도 적용해 보면 어떨까요? 꽤 가치 있는 일이 될 거예요.

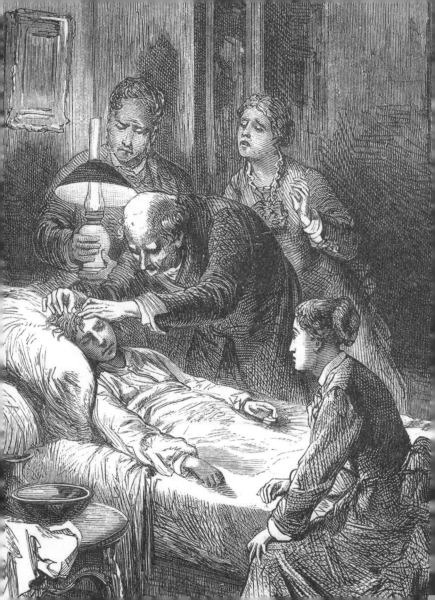

첫째, 자신의 마음에 어떤 음식이 잘 맞는지 알고 있어야 해요. 만약 푸딩이나 파이를 먹고 끔찍한 배탈을 앓은 적이 있다면 우리는 아무리 맛있어 보이는 푸딩과 파이가 있더라도 아주 쉽게 그 유혹을 거부할 수 있을 거예요. 그런 음식을 보자마자 설사할 때의 느낌이 떠오를 테니까요. 그런데 몸에 맞지 않는 음식은 금방 알아챌 수 있지만 어떤 책이 우리 마음에 얼마나 소화불량을 일으키는지 확실히 알게 되기까지는 아주 많은 교훈이 필요해요. 그래도 이건 지금 분명 말할 수 있어요. 재밌다는 이유로 형편 없는 소설만 자꾸 마음에 주게 되면 무기력함, 나태함, 피곤함에 점점 빠져들게 될 거예요. 마치 악몽을 꾸는 것처럼 말이죠.

둘째, 마음에 좋은 양식을 알게 되었다고 해도 우리는 무턱대고 먹을 것이 아니라 그 적절한 양을 알아내는 데도 주의를 기울여야 해요. 정신적인 과식, 혹은 과도한 독서도 위험한 습관이에요. 이런 습관은 마음의 소화력을 점점 약해지게 만들고, 어떤 경우는 마음의 식욕을 완전히 잃게 만드는 경우도 있어요. 우리는 빵이 맛있고 영양가도 높은 음식이라는 걸 알고 있지만, 앉은 자리에서 커다란 빵덩이 두세 개를 한꺼번에 먹는 실험을 할 필요가 있을까요?

어떤 의사가 환자에게 이렇게 말하는 걸 들은 적이 있어요. 그 환자는 과식하는 습관이 있어서 단순히 운동이 필요한 사람이었는데 의사는 이렇게 말했죠. "영양과다의 가장 초기 증상은 지방 조직이 퇴적되는 겁니다." 의사의 이런 세심한 설명은 두툼한 지방층 밑에 있는 예전의 그 사람에게 의심할 여지 없이 큰 위로가 됐겠지요. 마음의 과식도 마찬가지예요. 읽은 책이 잘 소화되도록 곱씹는 연습을 하라는 처방에 앞서, 무턱대고 많은 책을 읽었을 때 생기는 증상들을 잘 살펴보는 게 치료에 도움이 될 거예요.

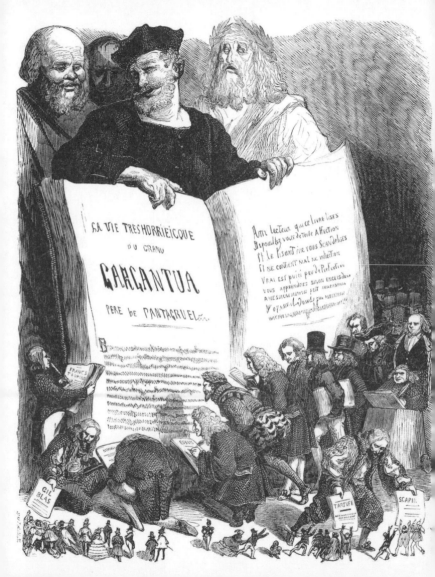

문득 이 세계에 '뚱뚱한 마음(Fat Mind)' 같은 것이 존재하는지 궁금해지네요. 저는 정말로 그런 마음을 가진 사람을 한두 명 정도 만난 것 같거든요. 가장 느린 트로트 리듬 같은 대화조차 따라잡을 수 없는 마음, 위급한 순간 속에서도 논리적 울타리를 뛰어넘을 수 없는 마음, 그리고 항상 협소한 논쟁에 쉽게 빠져드는 마음들 말이에요. 간단하게 말하자면, 그런 마음들은 세상 속에서 무기력하게 뒤뚱거릴 수밖에 없어요.

다시 음식 얘기로 돌아가 보죠. 우리는 앞서 내 몸에 맞는 영양가 높은 음식을 적당량 먹어야 한다고 했죠. 그런데 한 가지 더 지켜야 할 것이 있어요. 한 번에 너무 다양한 종류의 음식을 먹지 않도록 조심해야 하는 거죠. 목이 마른 사람에게 맥주 1병, 혹은 사이다 1병, 혹은 시원한 홍차 1병을 가져다 주면 그 사람은 당신에게 고마워할 거예요(홍차 1병은 좀 과하긴 하지만). 그런데 그 목마른 사람에게 아주 작은 머그컵으로 맥주 한 잔, 그 다음 사이다 한 잔, 그 다음 차가운 홍차 한 잔, 그 다음 뜨거운 차 한 잔, 그 다음 커피 한 잔, 그 다음 코코아 한 잔, 그리고 이어서 우유, 물, 술, 버터우유를 계속 준다면 그 사람이 어떨 것 같아요? 그 모든 음료의 총합이 맥주 1병과 같다고 해도 받는 사람 입장에서는 '누굴 놀리나?'하는 생각이 들지 않겠어요? 이 책 저 책 아무거나 마구 읽을 때 우리들의 마음도 아마 마찬가지일 거예요.

자신을 위한 적절한 음식, 그리고 적절한 양과 종류를 정했다면 이제 남은 것은 식사와 식사 사이에 적절한 간격을 두도록 신경 쓰는 거예요. 또한 씹지 않고 음식을 서둘러 삼키면 안 된다는 것도 기억하세요. 그러면 음식을 완전하게 소화할 수 없으니까요. 이 두 가지 규칙 역시 몸뿐만 아니라 마음에도 똑같이 적용된답니다.

첫째, 식사 간격에 관해서: 식사 시간 사이에 적당한 간격을 두는 것은 몸을 위해 필요한 것만큼이나 우리의 마음에도 정말로 필요한 규칙이에요. 단 한 가지 차이가 있다면 몸은 다음 식사를 하기 전에 3~4시간 정도의 휴식이 필요하지만, 마음은 대부분의 경우 3~4분이면 충분하다는 거예요. 그렇게 빨리 되냐고요? 저는 일반적으로 생각하는 것보다 마음을 위한 회복 시간이 훨씬 짧다고 믿어요. 개인적인 경험상, 저는 한 가지 생각의 주제에 여러 시간을 할애해야 하는 사람에게 중간 중간 짧은 휴식의 효과를 시험해 보라고 권하고 싶어. 1시간씩 집중한다고 하면 매번 5분 동안은 완전히 다른 세상으로 떠나있는 거예요. 그 짧은 휴식 시간 동안 회복되는 마음의 탄력성과 충전되는 힘은 놀랄 만큼 어마어마하답니다.

둘째, 음식을 씹는 것에 대해서: 음식을 씹는 과정을 마음에 적용하는 것은 무척 단순해요. 그건 우리가 읽은 것을 곱씹어 보는 것과 마찬가지거든요. 어떤 저자가 쓴 글을 곱씹어 보는 것은 그저 수동적으로 받아들이는 것보다 훨씬 더 큰 마음의 노력이 필요하겠죠. 읽은 것을 곱씹는 데 그처럼 큰 노력이 필요한 이유는 사무엘 테일러 콜리지(Coleridge, 영국의 시인이자 비평가)가 말했듯이, 우리의 마음은 굳이 그렇게 애쓰는 것에 대해 '신경질적인 반대'를 하는 게 보통이기 때문이에요. 그럼에도 저는 노력이 크면 클수록 더 가치가 있다고 확신하고 있어요.

한 주제에 대해 진득하게 생각하는 한 시간(이럴 때 혼자 산책하는 것만큼 좋은 방법도 흔치 않아요)은 두세 시간 책만 읽는 것보다 더 가치가 있죠. 소화되지 않은 덩어리가 아직 잔뜩 있는데 그 위에 새로운 음식을 계속 들이붓는 꼴을 그대로 내버려 둔다면 우리의 불쌍한 마음은 홍수가 난 것처럼 어지러워질 테니까요. 그리고 우리가 읽은 책을 완벽하게 소화했을 때 생기는 또 다른 효과도 생각해 보자고요. 읽은 것을 완벽하게 소화했다는 것은 우리 마음 속으로 들어온 어떤 주제들이 원할 때면 언제든지 쉽게 참고할 수 있도록 일목요연하게 정리되어 있다는 거예요.

샘 슬릭(Sam Slick, 캐나다 태생의 작가 토머스 챈들러 할리버튼이 자신의 작품에서 창조한 캐릭터)은 자신의 삶에서 여러 언어를 배웠다고 말했지만, 그의 능력은 정리되지 않은 소포 더미와 같았죠. 읽은 것이 마음 속에서 소화되는, 즉 정리되는 것을 기다리지 않고 서둘러 다음 책을 읽는 사람들이 너무 많아요. 그런 마음의 주인은 주변에서 아무리 독서광이라고 불려도 그건 그저 겉모양만 번지르르한 별명이 될 뿐이죠.

"완벽한 독서광. 지금 어떤 주제로든 그를 시험해 보세요.
그 사람을 결코 당황하게 만들지 못할 걸요."

이렇게 자신하는 어떤 사람에게 영국 역사에 대해서 어떤 질문을 던진다고 해보죠. 그 사람은 이제 막 매콜리(Macaulay, 영국의 정치가이자 문학가)의 책을 다 읽은 상태입니다. 그는 친절하게 미소를 짓고, 모든 것을 다 알고 있는 것처럼 보이려고 애쓰면서, 답을 찾아 자신의 마음 속으로 뛰어들겠죠. 믿을 만한 몇몇 사실들이 떠오르지만 따져 보니 질문과는 맞지 않는 시기의 사실들이라 다시 기억을 떠올려 봅니다.

두 번째 노력으로 질문과 훨씬 더 가까운 사실들을 떠올리지만, 불행히도 이번에는 정치경제적인 맥락 속의 사실, 산술 법칙, 자기 조카의 나이, 시인 토마스 그레이의 시 '애가(Elegy)'의 운율법 등등이 한꺼번에 떠올라 그 모든 것이 절망적으로 얽혀버립니다. 모두가 그의 답변을 기다리는 동안, 침묵의 시간은 점점 더 어색해지기만 합니다. 결국 완벽한 독서광이라는 평가를 받던 그 사람은 명확하지도, 만족스럽지도 않은 어중간한 대답을 더듬더듬 말하게 되죠. 그런 대답쯤은 평범한 학생이라면 그 누구나 할 수 있는 수준입니다. 이런 망신스러운 상황이 생기는 이유는 자신의 마음 속으로 들어온 지식들을 적절한 묶음으로 구별하여 정리해놓지 않았기 때문이에요.

당신은 이제 무분별하게 마음의 양식을 섭취한 사람을 분간해낼 수 있겠나요? 도서관을 유령처럼 떠돌아다니면서 이 접시 저 접시 먹고 다니는, 아니 이 책 저 책을 읽고 다니는 저 사람을 보세요. 그는 먼저 한입 가득 소설을 뜯어먹죠. 하지만 얼마 후 이렇게 말하죠. "에잇, 이건 아니잖아!" 그는 지난 한 주 동안 그런 종류의 책만 읽어서 이제 질려버린 거예요. 그래서 이번에는 과학 책 한 조각을 베어 뭅니다. "악!" 이번에는 거부 반응이 바로 비명이 되어 터져나오죠. 그 과학 책은 그 사람의 마음의 치아가 씹기에는 너무 딱딱하거든요. 그 사람은 그렇게 점점 지쳐가며 계속 도서관을 떠돕니다. 어제도 그랬고 내일도 그럴 테죠.

올리버 웬델 홈즈(Oliver Wendell Holmes)는 그의 아주 흥미로운 책『아침 식탁의 교수(The Professor at the Breakfast Table)』에서 어떤 사람이 아직 어린지, 아니면 나이가 찼는지 구분할 수 있는 다음과 같은 규칙을 제시했어요. "결정적인 실험은 다음과 같다. 실험 대상에게 저녁 식사 10분 전에 빵 한 덩이를 준다. 만약 그 사람이 그 빵을 아무렇지도 않게 받아서 집어삼킨다면 그 사람은 아직 어리다고 할 수 있다." 홈즈는 우리에게 이렇게 말하고자 했던 거예요. "어떤 사람이 어리다면 낮이든 밤이든 아무 때나 무엇이든 먹으려 들 것이다."

당신의 마음도 이런 식으로 실험해 볼 수 있어요. 한 명의 인간으로서 당신의 정신적 식욕이 건강한지 아닌지 확인하기 위해서, 먼저 간결하게 잘 쓰여졌지만 재미보다는 진지하게 읽을 수 있는, 가능하면 가장 짧은 책 한 권을 손에 들어보세요. 대중적인 주제의 책이라면 그 어떤 책이라도 좋습니다. 그래요. 그 책은 마음을 위한 빵인 거예요. 만약 당신이 완전한 집중 속에서 그 책을 읽는다면, 그리고 그 뒤로도 그 주제에 대한 어떤 질문에 답할 수 있다면, 당신의 마음은 최상으로 작동되고 있는 겁니다. 그러나 그 작은 책조차 이내 정중하게 내려놓거나 몇 분 동안 설렁설렁 훑어보다가 "이 멍청한 책은 읽히지가 않아!『미스테리한 살인(The Mysterious Muder)』제2권이나 건네주시겠어요?" 이렇게 말한다면 당신은 마음의 소화력에 뭔가 문제가 있는 게 분명해요.

당신이 지금 손에 들고 있는 이 작은 책도 마찬가지예요. 이 책이 '책 읽기'에 관한 어떤 유용한 힌트를 준다면, 그리고 앞으로 살아가며 좋은 책들을 '읽고, 표시하고, 배우고, 마음으로 소화'하는 것이 인간인 당신의 의무라는 것을 일깨워 준다면, 이 책의 목적은 그때서야 완수되는 거예요.

—The End—

"강의할 때 내 모습"
—루이스 캐럴의 자화상—

자, 이제부터는 여러분이 읽은 책들을 기록으로 남길 차례입니다. 루이스 캐럴이 마음의 소화력을 스스로 테스트 해 보라고 한 것처럼 되도록 한 페이지로 정리할 수 있는 짧은 책들을 읽고 잘 소화시켜, 언제나 떠올릴 수 있도록 기록해 보세요!

다음 페이지부터 시작되는 독서 기록표는 『편지 쓰기에 관한 여덟아홉 가지 조언들(Eight or Nine Wise Words about Letter Writing)』이라는 책에서 소개된 루이스 캐럴의 편지 기록표를 응용하여 '책을 읽은 기간', '책의 종류', '글쓴이의 의도', '나의 소감' 등등을 기록하도록 구성되었습니다.

No. 1

책을 펼친 시간	책 제목	책을 덮은 시간
	저자	
	책 분야	

저자는 이 책을 통해 무엇을 말하고 싶었을까?

나는 이 책을 통해 무엇을 느꼈나?

나에게 완전히 소화된 내용	나에게 아직 덜 소화된 내용

이 책을 대표하는, 혹은 내게 가장 좋았던 문장 하나

책을 펼친 시간	책 제목	책을 덮은 시간
	저자	
	책 분야	

저자는 이 책을 통해 무엇을 말하고 싶었을까?

나는 이 책을 통해 무엇을 느꼈나?

나에게 완전히 소화된 내용	나에게 아직 덜 소화된 내용

이 책을 대표하는, 혹은 내게 가장 좋았던 문장 하나

No. 3

책을 펼친 시간	책 제목	책을 덮은 시간
	저자	
	책 분야	

저자는 이 책을 통해 무엇을 말하고 싶었을까?

나는 이 책을 통해 무엇을 느꼈나?

나에게 완전히 소화된 내용	나에게 아직 덜 소화된 내용

이 책을 대표하는, 혹은 내게 가장 좋았던 문장 하나

책을 펼친 시간	책 제목	책을 덮은 시간
	저자	
	책 분야	

저자는 이 책을 통해 무엇을 말하고 싶었을까?

나는 이 책을 통해 무엇을 느꼈나?

나에게 완전히 소화된 내용	나에게 아직 덜 소화된 내용

이 책을 대표하는, 혹은 내게 가장 좋았던 문장 하나

No. 5

책을 펼친 시간	책 제목	책을 덮은 시간
	저자	
	책 분야	

저자는 이 책을 통해 무엇을 말하고 싶었을까?

나는 이 책을 통해 무엇을 느꼈나?

나에게 완전히 소화된 내용	나에게 아직 덜 소화된 내용

이 책을 대표하는, 혹은 내게 가장 좋았던 문장 하나

No. 6

책을 펼친 시간	책 제목	책을 덮은 시간
	저자	
	책 분야	

저자는 이 책을 통해 무엇을 말하고 싶었을까?

나는 이 책을 통해 무엇을 느꼈나?

나에게 완전히 소화된 내용	나에게 아직 덜 소화된 내용

이 책을 대표하는, 혹은 내게 가장 좋았던 문장 하나

No. 7

책을 펼친 시간	책 제목	책을 덮은 시간
	저자	
	책 분야	

저자는 이 책을 통해 무엇을 말하고 싶었을까?

나는 이 책을 통해 무엇을 느꼈나?

나에게 완전히 소화된 내용	나에게 아직 덜 소화된 내용

이 책을 대표하는, 혹은 내게 가장 좋았던 문장 하나

No. 8

책을 펼친 시간	책 제목	책을 덮은 시간
	저자	
	책 분야	

저자는 이 책을 통해 무엇을 말하고 싶었을까?

나는 이 책을 통해 무엇을 느꼈나?

나에게 완전히 소화된 내용	나에게 아직 덜 소화된 내용

이 책을 대표하는, 혹은 내게 가장 좋았던 문장 하나

No. 9

책을 펼친 시간	책 제목	책을 덮은 시간
	저자	
	책 분야	

저자는 이 책을 통해 무엇을 말하고 싶었을까?

나는 이 책을 통해 무엇을 느꼈나?

나에게 완전히 소화된 내용	나에게 아직 덜 소화된 내용

이 책을 대표하는, 혹은 내게 가장 좋았던 문장 하나

책을 펼친 시간	책 제목	책을 덮은 시간
	저자	
	책 분야	

저자는 이 책을 통해 무엇을 말하고 싶었을까?

나는 이 책을 통해 무엇을 느꼈나?

나에게 완전히 소화된 내용	나에게 아직 덜 소화된 내용

이 책을 대표하는, 혹은 내게 가장 좋았던 문장 하나

No. 11

책을 펼친 시간	책 제목	책을 덮은 시간
	저자	
	책 분야	

저자는 이 책을 통해 무엇을 말하고 싶었을까?

나는 이 책을 통해 무엇을 느꼈나?

나에게 완전히 소화된 내용	나에게 아직 덜 소화된 내용

이 책을 대표하는, 혹은 내게 가장 좋았던 문장 하나

책을 펼친 시간	책 제목	책을 덮은 시간
	저자	
	책 분야	

저자는 이 책을 통해 무엇을 말하고 싶었을까?

나는 이 책을 통해 무엇을 느꼈나?

나에게 완전히 소화된 내용	나에게 아직 덜 소화된 내용

이 책을 대표하는, 혹은 내게 가장 좋았던 문장 하나

책을 펼친 시간	책 제목	책을 덮은 시간
	저자	
	책 분야	

저자는 이 책을 통해 무엇을 말하고 싶었을까?

나는 이 책을 통해 무엇을 느꼈나?

나에게 완전히 소화된 내용	나에게 아직 덜 소화된 내용

이 책을 대표하는, 혹은 내게 가장 좋았던 문장 하나

책을 펼친 시간	책 제목	책을 덮은 시간
	저자	
	책 분야	

저자는 이 책을 통해 무엇을 말하고 싶었을까?

나는 이 책을 통해 무엇을 느꼈나?

나에게 완전히 소화된 내용	나에게 아직 덜 소화된 내용

이 책을 대표하는, 혹은 내게 가장 좋았던 문장 하나

책을 펼친 시간	책 제목	책을 덮은 시간
	저자	
	책 분야	

저자는 이 책을 통해 무엇을 말하고 싶었을까?

나는 이 책을 통해 무엇을 느꼈나?

나에게 완전히 소화된 내용	나에게 아직 덜 소화된 내용

이 책을 대표하는, 혹은 내게 가장 좋았던 문장 하나

책을 펼친 시간	책 제목	책을 덮은 시간
	저자	
	책 분야	

저자는 이 책을 통해 무엇을 말하고 싶었을까?

나는 이 책을 통해 무엇을 느꼈나?

나에게 완전히 소화된 내용	나에게 아직 덜 소화된 내용

이 책을 대표하는, 혹은 내게 가장 좋았던 문장 하나

No. 17

책을 펼친 시간	책 제목	책을 덮은 시간
	저자	
	책 분야	

저자는 이 책을 통해 무엇을 말하고 싶었을까?

나는 이 책을 통해 무엇을 느꼈나?

나에게 완전히 소화된 내용	나에게 아직 덜 소화된 내용

이 책을 대표하는, 혹은 내게 가장 좋았던 문장 하나

책을 펼친 시간	책 제목	책을 덮은 시간
	저자	
	책 분야	

저자는 이 책을 통해 무엇을 말하고 싶었을까?

나는 이 책을 통해 무엇을 느꼈나?

나에게 완전히 소화된 내용	나에게 아직 덜 소화된 내용

이 책을 대표하는, 혹은 내게 가장 좋았던 문장 하나

No. 19

책을 펼친 시간	책 제목	책을 덮은 시간
	저자	
	책 분야	

저자는 이 책을 통해 무엇을 말하고 싶었을까?

나는 이 책을 통해 무엇을 느꼈나?

나에게 완전히 소화된 내용	나에게 아직 덜 소화된 내용

이 책을 대표하는, 혹은 내게 가장 좋았던 문장 하나

No. 20

책을 펼친 시간	책 제목	책을 덮은 시간
	저자	
	책 분야	

저자는 이 책을 통해 무엇을 말하고 싶었을까?

나는 이 책을 통해 무엇을 느꼈나?

나에게 완전히 소화된 내용	나에게 아직 덜 소화된 내용

이 책을 대표하는, 혹은 내게 가장 좋았던 문장 하나

책을 펼친 시간	책 제목	책을 덮은 시간
	저자	
	책 분야	

저자는 이 책을 통해 무엇을 말하고 싶었을까?

나는 이 책을 통해 무엇을 느꼈나?

나에게 완전히 소화된 내용	나에게 아직 덜 소화된 내용

이 책을 대표하는, 혹은 내게 가장 좋았던 문장 하나

No. 22

책을 펼친 시간	책 제목	책을 덮은 시간
	저자	
	책 분야	

저자는 이 책을 통해 무엇을 말하고 싶었을까?

나는 이 책을 통해 무엇을 느꼈나?

나에게 완전히 소화된 내용	나에게 아직 덜 소화된 내용

이 책을 대표하는, 혹은 내게 가장 좋았던 문장 하나

책을 펼친 시간	책 제목	책을 덮은 시간
	저자	
	책 분야	

저자는 이 책을 통해 무엇을 말하고 싶었을까?

나는 이 책을 통해 무엇을 느꼈나?

나에게 완전히 소화된 내용	나에게 아직 덜 소화된 내용

이 책을 대표하는, 혹은 내게 가장 좋았던 문장 하나

책을 펼친 시간	책 제목	책을 덮은 시간
	저자	
	책 분야	

저자는 이 책을 통해 무엇을 말하고 싶었을까?

나는 이 책을 통해 무엇을 느꼈나?

나에게 완전히 소화된 내용	나에게 아직 덜 소화된 내용

이 책을 대표하는, 혹은 내게 가장 좋았던 문장 하나

No. 25

책을 펼친 시간	책 제목	책을 덮은 시간
	저자	
	책 분야	

저자는 이 책을 통해 무엇을 말하고 싶었을까?

나는 이 책을 통해 무엇을 느꼈나?

나에게 완전히 소화된 내용	나에게 아직 덜 소화된 내용

이 책을 대표하는, 혹은 내게 가장 좋았던 문장 하나

책을 펼친 시간	책 제목	책을 덮은 시간
	저자	
	책 분야	

저자는 이 책을 통해 무엇을 말하고 싶었을까?

나는 이 책을 통해 무엇을 느꼈나?

나에게 완전히 소화된 내용	나에게 아직 덜 소화된 내용

이 책을 대표하는, 혹은 내게 가장 좋았던 문장 하나

책을 펼친 시간	책 제목	책을 덮은 시간
	저자	
	책 분야	

저자는 이 책을 통해 무엇을 말하고 싶었을까?

나는 이 책을 통해 무엇을 느꼈나?

나에게 완전히 소화된 내용	나에게 아직 덜 소화된 내용

이 책을 대표하는, 혹은 내게 가장 좋았던 문장 하나

No. 28

책을 펼친 시간	책 제목	책을 덮은 시간
	저자	
	책 분야	

저자는 이 책을 통해 무엇을 말하고 싶었을까?

나는 이 책을 통해 무엇을 느꼈나?

나에게 완전히 소화된 내용	나에게 아직 덜 소화된 내용

이 책을 대표하는, 혹은 내게 가장 좋았던 문장 하나

책을 펼친 시간	책 제목	책을 덮은 시간
	저자	
	책 분야	

저자는 이 책을 통해 무엇을 말하고 싶었을까?

나는 이 책을 통해 무엇을 느꼈나?

나에게 완전히 소화된 내용	나에게 아직 덜 소화된 내용

이 책을 대표하는, 혹은 내게 가장 좋았던 문장 하나

책을 펼친 시간	책 제목	책을 덮은 시간
	저자	
	책 분야	

저자는 이 책을 통해 무엇을 말하고 싶었을까?

나는 이 책을 통해 무엇을 느꼈나?

나에게 완전히 소화된 내용	나에게 아직 덜 소화된 내용

이 책을 대표하는, 혹은 내게 가장 좋았던 문장 하나

No. 31

책을 펼친 시간	책 제목	책을 덮은 시간
	저자	
	책 분야	

저자는 이 책을 통해 무엇을 말하고 싶었을까?

나는 이 책을 통해 무엇을 느꼈나?

나에게 완전히 소화된 내용	나에게 아직 덜 소화된 내용

이 책을 대표하는, 혹은 내게 가장 좋았던 문장 하나

No. 32

책을 펼친 시간	책 제목	책을 덮은 시간
	저자	
	책 분야	

저자는 이 책을 통해 무엇을 말하고 싶었을까?

나는 이 책을 통해 무엇을 느꼈나?

나에게 완전히 소화된 내용	나에게 아직 덜 소화된 내용

이 책을 대표하는, 혹은 내게 가장 좋았던 문장 하나

책을 펼친 시간	책 제목	책을 덮은 시간
	저자	
	책 분야	

저자는 이 책을 통해 무엇을 말하고 싶었을까?

나는 이 책을 통해 무엇을 느꼈나?

나에게 완전히 소화된 내용	나에게 아직 덜 소화된 내용

이 책을 대표하는, 혹은 내게 가장 좋았던 문장 하나

책을 펼친 시간	책 제목	책을 덮은 시간
	저자	
	책 분야	

저자는 이 책을 통해 무엇을 말하고 싶었을까?

나는 이 책을 통해 무엇을 느꼈나?

나에게 완전히 소화된 내용	나에게 아직 덜 소화된 내용

이 책을 대표하는, 혹은 내게 가장 좋았던 문장 하나

No. 35

책을 펼친 시간	책 제목	책을 덮은 시간
	저자	
	책 분야	

저자는 이 책을 통해 무엇을 말하고 싶었을까?

나는 이 책을 통해 무엇을 느꼈나?

나에게 완전히 소화된 내용	나에게 아직 덜 소화된 내용

이 책을 대표하는, 혹은 내게 가장 좋았던 문장 하나

No. 36

책을 펼친 시간	책 제목	책을 덮은 시간
	저자	
	책 분야	

저자는 이 책을 통해 무엇을 말하고 싶었을까?

나는 이 책을 통해 무엇을 느꼈나?

나에게 완전히 소화된 내용	나에게 아직 덜 소화된 내용

이 책을 대표하는, 혹은 내게 가장 좋았던 문장 하나

책을 펼친 시간	책 제목	책을 덮은 시간
	저자	
	책 분야	

저자는 이 책을 통해 무엇을 말하고 싶었을까?

나는 이 책을 통해 무엇을 느꼈나?

나에게 완전히 소화된 내용	나에게 아직 덜 소화된 내용

이 책을 대표하는, 혹은 내게 가장 좋았던 문장 하나

No. 38

책을 펼친 시간	책 제목	책을 덮은 시간
	저자	
	책 분야	

저자는 이 책을 통해 무엇을 말하고 싶었을까?

나는 이 책을 통해 무엇을 느꼈나?

나에게 완전히 소화된 내용	나에게 아직 덜 소화된 내용

이 책을 대표하는, 혹은 내게 가장 좋았던 문장 하나

책을 펼친 시간	책 제목	책을 덮은 시간
	저자	
	책 분야	

저자는 이 책을 통해 무엇을 말하고 싶었을까?

나는 이 책을 통해 무엇을 느꼈나?

나에게 완전히 소화된 내용	나에게 아직 덜 소화된 내용

이 책을 대표하는, 혹은 내게 가장 좋았던 문장 하나

No. 40

책을 펼친 시간	책 제목	책을 덮은 시간
	저자	
	책 분야	

저자는 이 책을 통해 무엇을 말하고 싶었을까?

나는 이 책을 통해 무엇을 느꼈나?

나에게 완전히 소화된 내용	나에게 아직 덜 소화된 내용

이 책을 대표하는, 혹은 내게 가장 좋았던 문장 하나

No. 41

책을 펼친 시간	책 제목	책을 덮은 시간
	저자	
	책 분야	

저자는 이 책을 통해 무엇을 말하고 싶었을까?

나는 이 책을 통해 무엇을 느꼈나?

나에게 완전히 소화된 내용	나에게 아직 덜 소화된 내용

이 책을 대표하는, 혹은 내게 가장 좋았던 문장 하나

No. 42

책을 펼친 시간	책 제목	책을 덮은 시간
	저자	
	책 분야	

저자는 이 책을 통해 무엇을 말하고 싶었을까?

나는 이 책을 통해 무엇을 느꼈나?

나에게 완전히 소화된 내용	나에게 아직 덜 소화된 내용

이 책을 대표하는, 혹은 내게 가장 좋았던 문장 하나

책을 펼친 시간	책 제목	책을 덮은 시간
	저자	
	책 분야	

저자는 이 책을 통해 무엇을 말하고 싶었을까?

나는 이 책을 통해 무엇을 느꼈나?

나에게 완전히 소화된 내용	나에게 아직 덜 소화된 내용

이 책을 대표하는, 혹은 내게 가장 좋았던 문장 하나

책을 펼친 시간	책 제목	책을 덮은 시간
	저자	
	책 분야	

저자는 이 책을 통해 무엇을 말하고 싶었을까?

나는 이 책을 통해 무엇을 느꼈나?

나에게 완전히 소화된 내용	나에게 아직 덜 소화된 내용

이 책을 대표하는, 혹은 내게 가장 좋았던 문장 하나

No. 45

책을 펼친 시간	책 제목	책을 덮은 시간
	저자	
	책 분야	

저자는 이 책을 통해 무엇을 말하고 싶었을까?

나는 이 책을 통해 무엇을 느꼈나?

나에게 완전히 소화된 내용	나에게 아직 덜 소화된 내용

이 책을 대표하는, 혹은 내게 가장 좋았던 문장 하나

No. 46

책을 펼친 시간	책 제목	책을 덮은 시간
	저자	
	책 분야	

저자는 이 책을 통해 무엇을 말하고 싶었을까?

나는 이 책을 통해 무엇을 느꼈나?

나에게 완전히 소화된 내용	나에게 아직 덜 소화된 내용

이 책을 대표하는, 혹은 내게 가장 좋았던 문장 하나

책을 펼친 시간	책 제목	책을 덮은 시간
	저자	
	책 분야	

저자는 이 책을 통해 무엇을 말하고 싶었을까?

나는 이 책을 통해 무엇을 느꼈나?

나에게 완전히 소화된 내용	나에게 아직 덜 소화된 내용

이 책을 대표하는, 혹은 내게 가장 좋았던 문장 하나

No. 48

책을 펼친 시간	책 제목	책을 덮은 시간
	저자	
	책 분야	

저자는 이 책을 통해 무엇을 말하고 싶었을까?

나는 이 책을 통해 무엇을 느꼈나?

나에게 완전히 소화된 내용	나에게 아직 덜 소화된 내용

이 책을 대표하는, 혹은 내게 가장 좋았던 문장 하나

책을 펼친 시간	책 제목	책을 덮은 시간
	저자	
	책 분야	

저자는 이 책을 통해 무엇을 말하고 싶었을까?

나는 이 책을 통해 무엇을 느꼈나?

나에게 완전히 소화된 내용	나에게 아직 덜 소화된 내용

이 책을 대표하는, 혹은 내게 가장 좋았던 문장 하나

No. 50

책을 펼친 시간	책 제목	책을 덮은 시간
	저자	
	책 분야	

저자는 이 책을 통해 무엇을 말하고 싶었을까?

나는 이 책을 통해 무엇을 느꼈나?

나에게 완전히 소화된 내용	나에게 아직 덜 소화된 내용

이 책을 대표하는, 혹은 내게 가장 좋았던 문장 하나